U0100010

絕對沒大腦 ③

精靈航艦足球賽

王聰 / 著

李楠 / 繪

新雅文化事業有限公司
www.sunya.com.hk

我的阿拉丁神燈

有的小孩玩具太多，有的小孩瞌睡太多，有的小孩話太多，有的小孩鼻涕太多……

而我呢？我是願望太多。

小時候，我的願望多得腦袋裝不下，怎麼辦呢？我就把這些願望變成故事，講給大樹下面的小伙伴聽。然後問他：「好不好聽？好不好聽？」他如果說好聽，我就會滿足地嘿嘿一笑；他如果說不好聽，我就會一直問一直問：「為什麼不好聽？為什麼不好聽？為什麼不好聽？」然後一直追到太陽下山，追到他的家。

說到這裏，你一定會問我，你都有些什麼願望啊？這麼說吧，當沒人跟我玩的時候，我就想啊，要是有人陪我玩多好啊，最好是外星小孩！可是外星小孩要走了怎麼辦啊……當我被媽媽吼的時候，我縮到角落裏就想，要是能把媽媽變小就好了，最好像彈力球那麼小！可是萬一她變不回來怎麼辦啊……當我看着古生物書的時候，我就想啊，要是這些古生物能跑出來跟我玩就好了，最好全都跑出來！可是牠們要是打架怎麼辦啊……

可能你會說，哇！你的願望實現起來太難了！嗯，你說得沒錯，本來是挺難的，不過我有我的阿拉丁神燈！當我把願望變成故事寫下來，在這些故事裏，我就能和外星小孩成為朋友，和她聊天玩耍，還能知道她家裏有多少兄弟姊妹；我能帶着變小的媽媽上學，然後一不小心把她弄丟，我會情不自禁地哭起來；我能給打起來的霸王龍和劍齒虎勸架，還能請所有的古生物吃冰淇淋……

沒錯！寫作就是我的阿拉丁神燈，我的神燈可以實現我的任何願望。

說到這兒，你一定會問我：你現在的願望是什麼？

我現在最大的願望就是：有一天，在書店裏碰到你，我可能不認識你，你可能不認識我，你的手中捧着我寫的書，我會一下子衝到你面前問：「好不好看？好不好看？」你呢？雖然被嚇了一大跳，不過你最好回答：「好看！」不然我會問：「為什麼不好看？為什麼不好看？為什麼不好看？」然後一直追到太陽下山，追到你的家。

王　聰

人物小檔案

姓名： 拉鎖

性別： 男

職業： 小學生

學校： 古塔小學

班級： 三年一班

外號： 絕對沒大腦

形象： 雖然又矮又瘦，還有點兒黑，
但有領袖魅力

家庭成員： 癡迷於考古的爸爸、喜歡嘮叨的媽
媽，還有總是叼着奶嘴的三歲妹妹

最好的朋友： 鄰居+同學+「跟屁蟲」重北極

最怕的人： 擅長「擰擰神功」的同桌洛仙仙

最心愛的寶貝：冰魄搖搖

最擅長的事： 踢足球射門、畫恐龍

最害怕的事： 當眾演講

最大的毛病： 馬虎

性格優點： 聰明、幽默、心思細膩

姓名：	重北極
性別：	男
職業：	小學生
學校：	古塔小學
班級：	三年一班
外號：	北極蟲
形象：	又高又胖，是全班最強壯的男生
家庭成員：	一對和他一樣胖胖的爸爸媽媽
最好的朋友：	鄰居＋同學＋「老大」拉鎖
最心愛的寶貝：	白色運動鞋
最喜歡的食物：	棒棒糖、冰淇淋……只要是吃的都喜歡
最擅長的事：	捉迷藏，號稱「捉迷藏大王」
最害怕的事：	到黑板上做數學題
最大的毛病：	不愛動腦
性格優點：	天性樂觀，從不亂發脾氣

目錄

1 腐皮球鞋

星期天，我和妹妹可可在窗前玩。

「哥哥，哥哥，天上怎麼飛着那麼多的鳥？」可可指着窗外問道。

我朝窗外看了一眼：「那不是鳥，是風箏。」

「風箏？我也要風箏。」可可嘟囔着說道。她才三歲，還不認識風箏。

正在這時，媽媽從外面走了過來，**興高采烈**地遞給我一雙新鞋：「兒子，媽媽給你買了雙新球鞋，快來試試！」

咦？好奇怪，不是生日，考試也考得不好，媽媽居然主動給我買新鞋。這是為

什麼呢？我想了想，那就只有一個原因了——**鞋店減價大促銷**。

我這樣想着，接過媽媽手裏的球鞋，穿在了我的腳上。「媽媽，這鞋怎麼是屎黃色的？」我皺着眉頭問道。

「哎呀，如果不是這個顏色，人家怎麼會減價呢？」

「媽媽，你買的是鞋還是船呀？怎麼這麼大？」

「哎呀，不是斷碼的鞋子，人家怎麼會減價呢？」

我忽然**懷疑**：自己是不是減價的時候媽媽買回來的呢？

「媽媽，媽媽，你都給哥哥買鞋了，能給我買個風箏嗎？就是天上飛的那些大

鳥！」妹妹央求着媽媽。

「好，好，等你想好買什麼樣子的風箏再說吧！」媽媽說着又拿起球鞋**左看右看**，端詳起來。

「太好了，我要買風箏！」妹妹高興地點了點頭。

「媽媽，這鞋是什麼皮的？牛皮？豬皮？」我問道。

「都不是！我們這個是**天然環保皮**，不傷害動物的。」

「什麼皮不傷害動物？」我想了又想。

「腐皮。」妹妹在一旁低聲說道。

「對！腐皮。」媽媽笑了起來。

嗚嗚⋯⋯我可笑不起來了，媽媽呀，這可是球鞋呀！你給我套上兩隻船，我還

能跑起來嗎？

　　看到了嗎？這就是我，一個只能穿腐皮球鞋的三年級小學生。哦，對了，我的名字叫拉鎖，就是衣服上每天被人**拽來拽去**的拉鎖。

　　接着說球鞋的事吧，我萬萬沒有想到，就是這雙特大碼數的球鞋，讓我經歷了一番特大的冒險。

2 飛天一腳

第二天，我穿着這雙腐皮球鞋去上學。

第三節課是體育課，剛一上課，體育老師石頭老師就對我們説：「今天這節課，我們要在男生中挑選幾位同學，成立**班級足球隊**。」

一聽石頭老師這樣説，班裏的男生都興奮地喊着：

「我要踢球！」

「我要進足球隊！」

......

「大家別吵，我還沒説完呢！我們學校要在下周舉辦班際足球賽，選出的足球

隊要代表三年一班參加比賽。」石頭老師
說。

「我要參加比賽！」

「我也要參加比賽！」

男生們一個個像吵鬧的猴子，**爭先恐後**地說。

「好了，你們不要吵了，現在女生們可以自由活動，男生們開始練習踢球。我來看看誰有踢足球的潛力，就選誰。」說着，石頭老師把足球踢到我們腳下。

我們開始練習踢球，足球在操場上**滾來滾去**，由一個同學傳給另一個同學，總算傳到我的腳下了。

我深呼吸了一口氣，快跑了幾步，用盡全力使勁一踢！只見球嗖的一下飛了起

來，朝着龍門衝了過去。

不對呀，我只踢了一個球，怎麼飛出了兩個球？仔細一看，暈！另一個是我的球鞋，我的鞋也跟着球飛了出去。

同學們都哈哈大笑起來，我感覺到臉在發熱。

這時，只聽到有人喊：「進球啦！拉鎖進球啦！」

我還沒有反應過來，石頭老師已經站在我的身後，拍拍我的肩膀説：「腳力不錯！你就踢前鋒吧，蔡小強配合你做『影子前鋒』。」

「老師，什麼叫『影子前鋒』？」蔡小強連忙問道。

「影子前鋒位置的隊員，要全力配合

前鋒讓他進球。」

聽老師這樣一說，蔡小強一臉不高興，**小聲嘀咕**着：「憑什麼要我配合他？」

前鋒？聽起來不錯，我心裏有點兒小開心。不過很快就沒那麼開心了，因為我們班的隊員們胖的胖，瘦的瘦。胖的跑不動，瘦的踢不準，怎麼看都不像是能贏的球隊。

體育課剛一下課，就聽到有人叫我：「*絕對沒大腦！絕對沒大腦！*」

解釋一下，「絕對沒大腦」是我的綽號。

我停下來一看，是蔡小強。

「絕對沒大腦，憑什麼你成了前鋒，我只是影子前鋒？就憑你的鞋飛得高？」

蔡小強眉毛挑得老高，**不服氣**地說道。

其他同學聽了又是哈哈大笑。

「我是前鋒，是老師選的！你厲害，你怎麼沒入球？」我很不開心地說道。

一聽我這樣說，蔡小強更生氣了，他雙手叉腰高聲叫道：「明天是假期，我們來學校比一比！看看究竟誰是前鋒，誰是影子前鋒！」

「**比就比！誰怕誰？**」我說道。

3 海邊怪象

吃過晚飯，我約北極蟲到海邊去玩。北極蟲是我的同學、我的鄰居、我的跟屁蟲。和我的「絕對沒大腦」一樣，「北極蟲」是他的綽號，他的名字叫「重北極」（這個姓讀「蟲」）。

媽媽說，我在沒長牙的時候就和他是好朋友了。可是北極蟲說，上輩子我們就是*好朋友*了。我說，上輩子我可能是隻青蛙；他說，那我們在蝌蚪的時候就是好朋友了，哈哈！

我和北極蟲經常吃過晚飯就來海邊玩。這裏離家很近，我們的學校也靠着海

邊，在這裏可以遠遠地看到學校。不過今天海面上**模模糊糊**，看得不太清楚，只能看到學校樓頂上的燈，那盞燈每天晚上都是亮着的。

就在這時，我忽然看到海面上好像有什麼東西在移動。

「拉鎖，你快看！那裏游着的是什麼？」北極蟲驚訝地問道。

「真的有一個東西！是條大魚嗎？遠了，看不清。」

「牠好像朝着學校游過去了。」

「一定是我們看錯了，別管什麼大魚還是**海怪**了，難道牠能把學校吃了嗎？我們還是想想球隊的事吧！」我繼續説道，「石頭老師説我腳力好，讓我踢前鋒呢！」

　　「我也被選中了，是守門員！老師說我這大塊頭不當守門員就可惜了。」北極蟲說着，打開了一袋薯條。

　　「是呀，你這**大塊頭**，根本就不叫守門員，應該叫『堵門員』，站在那裏直接把龍門堵住了。不過，你還是少吃點吧，當守門員要跳的，吃多了就跳不起來了。」我偷偷地笑着。

　　「跳不起來也沒關係，反正咱們也贏不了。你看呀，小豆包都被選上當球員了，我們肯定是贏不了。」

　　「是呀，小豆包又瘦又小，不過老師說他反應特別快。」

　　「快什麼呀！老師讓他做球隊裏的『清道夫』後衛，就是守門員前面的最後

一個人。小豆包瘦得像條薯條一樣，我可不想讓一條薯條在我眼前**晃來晃去**。」北極蟲邊說着，邊拿起一條薯條在眼前晃着，唭嚓一下，把薯條咬成了兩截。

　　「那也比蔡小強好呀！老師讓他做影子前鋒，他不服氣，處處和我作對。」蔡小強什麼事情都喜歡自己做老大，他才不會甘心做影子前鋒呢！

　　「你知道這次足球比賽我們的對手是誰嗎？聽說是三年二班！他們號稱『猛虎隊』。你聽聽人家的口號：『*三年二班，猛虎出山！*』再看看我們，唉！口號也沒有，隊名也沒有，就連『薯條』都來踢球了，看來我們是真的沒希望了。」北極蟲說着，一腳踢起沙子。

「我覺得，你說的也不全對，我們其實也沒那麼差。」

我說完之後，兩個人都不說話了，一邊踢沙子一邊往前走。

「快看，學校上面的燈！」北極蟲指着學校的方向忽然說道。

「怎麼了？」

「燈光不見了！」

我仔細一看，燈光真的不見了！那盞燈每天晚上都亮着，現在怎麼忽然不見了？

難道……

我和北極蟲，你看看我，我看看你。

「難道學校真的被吃了？」我倆**瞪大眼睛**一起說道，北極蟲手裏的薯條啪的一聲掉在了沙子上。

4 我們學校被吃了

第二天一早，外面起了大霧，我和北極蟲按照約好的時間去學校。

可是越走霧越大，看不清前面的樹，也看不清街邊店舖的招牌，四周潮乎乎的，就連我們的頭髮上都黏着水珠，快走到學校門口了，可是還沒看到教學樓。

「拉鎖，你說，我們像不像是走在奶茶上面的奶蓋裏？」

「奶蓋？你可真行！什麼都能聯想到吃！」我真是佩服北極蟲。

「我們還要和蔡小強比嗎？這一腳踢出去，能看到球嗎？」北極蟲問道。

還沒等我說什麼，只聽到霧裏有人大聲說道：「要比！」

　　不用說也知道，說這話的人正是我的死對頭蔡小強。

　　蔡小強從霧裏走出來，身後還跟着小豆包和肖天，他們的頭髮看上去和我們一樣**黏糊糊**的。

　　「絕對沒大腦，為了不讓你輸了耍賴，我帶了兩個證人來。」蔡小強高傲地說道。

　　小豆包在我們班最**膽小怕事**，一定是蔡小強要他來，他不敢不來；肖天在我們班最會做生意，經常拿一些漫畫書到學校來出租，換冰淇淋什麼的，大家都叫他「肖老闆」。蔡小強經常在他那裏租漫畫，肖老闆當然不想得罪這個大客戶，所以也來

了。

「比就比，我這**飛天神腳**還怕你嗎？」我故意白了他一眼。

「哈哈，你那是飛天神鞋！」三個傢伙笑嘻嘻地說道。

哼！你們不就是想讓我生氣嗎？我偏偏不上當，就是不生氣！

說比就比，我們一起走到學校的大門口。

可是……可是學校呢？學校本來的所在地方**空空的一片**，除了霧什麼都沒有！

「糟了！糟了！學校不見了！

「我的老天爺呀！」

「這是怎麼回事？」

「不可能！學校怎麼能不見呢？一定

是我們找錯了地方！」

　「我們每天上學都走這條路，肯定不會錯呀！」我們幾個吵吵嚷嚷大叫道。

　「我知道了！我們學校被吃掉了！」北極蟲**恍然大悟**叫道。

　「吃掉了？」那三個傢伙張大嘴巴，下巴都快掉到地上了。

　「昨天晚上，我和北極蟲到海邊來玩，看到有個怪物朝着學校游去，學校一定是被怪物吃了！」一聽我這樣說，小豆包和肖老闆都好奇地圍了過來。

　「大家不要聽他瞎說，他可是『絕對沒大腦』！」蔡小強高喊着，「我們的學校一定是被颱風颳跑了！」

　「昨晚沒有颱風啊！我也看到了，真

的有個怪物朝學校游去，然後學校上面的燈光就不見了。」北極蟲說道。

「那你說說怪物長什麼樣？」

「好像是條很大的魚，不過我……我沒看清。」我低聲說道。

「哼，我就知道是你們倆合起來編瞎話！」蔡小強**理直氣壯**地說道。

「那我們現在還比嗎？」小豆包推一推眼鏡問道。

「學校都被吃掉了，怎麼比？」北極蟲說道。

「如果學校被吃掉了，會留下什麼痕跡吧？」我一邊說一邊慢慢地往前走。

「哼！我才不信什麼怪物呢！」蔡小強嘴上這樣說，可是每走一步還是小心翼

翼的，看他那樣子明明是害怕霧裏面藏着**怪物**。

我們幾個一步一步朝着不同的方向探路，誰都不敢走太快。

「怪物！怪物！」小豆包大喊着，聲音裏帶着恐懼。

我趕緊大步朝着小豆包跑去。

只見他跌坐在地上，害怕地指着遠處：「你們看！一個好大的影子，一個大傢伙！」

我們朝着他指的方向一看，還真有個大傢伙在霧裏！只是看不清是什麼樣子。

「我們還是回家吧……」小豆包聲音裏帶着**顫音**説道。

「你們不想知道那是什麼嗎？」我問

道。

「想！」北極蟲大聲回答。

蔡小強他們三個沒說話，哼！我才不管他們呢。

我和北極蟲慢慢地朝着霧中的那個大傢伙走去，他們三個跟在後面，越走越近，越走越近，輪廓越來越清晰，好像是海上隆起的小島。

「大蛇！大蛇！」這回輪到北極蟲叫了起來。

「哪裏有大蛇？」我們一看，一座長橋漂漂蕩蕩浮在海面上若隱若現。

「北極蟲，大驚小怪的！這明明是一座橋嘛！」小豆包大步上前走了一段，站在長橋上：「你看我都不怕！」

好像真的是座橋呢！這座長橋上面有很多棱，高高地延伸到霧裏，我們幾個大步跑到了*搖搖晃晃*的橋上，這橋看不出是用什麼造的，好像是膠皮，踩上去滑溜溜的，還好上面有很多棱像台階一樣排列着，我們踩着這些台階越走越高，越走越接近大傢伙，眼前那巨大的黑影漸漸清晰起來。

我們高高地抬起頭，仰視着眼前這個大傢伙。

天啊！好大的一艘船啊！

 5 重大發現

「咦？這裏什麼時候多了一艘船？」北極蟲問道。

「先上去看看再説！説不定可以在上面**訓練足球**呢！」蔡小強抱着足球説道。

走就走！蔡小強敢去的地方，我也敢去！

大船從上到下都是白色的，遠遠看上去有很多像雷達和炮彈之類的東西在上面。我們一步一步往前走，足足走了幾層樓那麼高的台階，來到了大船的甲板上，眼前一下子**寬闊清晰**起來。

「哇！這裏可真大呀！」綠色的甲板

好像寬闊的足球場，我興奮地跑在上面：
「我們在這裏比試足球吧！」

「好大的球場啊！」蔡小強也驚呆
了。

「好奇怪，這艘船上沒有霧。」北極
蟲說道。

「那是因為太陽出來了呀！」小豆包
指了指頭頂上的太陽，一副什麼都懂的表
情。

「可是為什麼岸上看不到太陽？明明
我們距離很近啊？」我心裏雖然有點奇怪，
但還是忍不住跑了起來。

我們幾個人從這頭跑到那頭，再從那
頭跑到這頭，「哇！在這裏跑，感覺自己
好像輕了很多！」

　　「你們看，從這裏看我們的城市好像在棉花糖裏面，我們好像在另一個世界呢！」北極蟲興奮地和我一起跑着。

　　「明明像海市唇樓，才不像什麼棉花糖！」小豆包用一種瞧不起的語氣說道。

　　「哼！就你什麼都懂！誰嚇得叫『大蛇，大蛇』？」北極蟲學着小豆包的聲音叫道。

　　「你懂什麼？」小豆包沒理北極蟲，推了推眼鏡說：「這好像不是一艘普通的船。」

　　「那麼是什麼？」肖老闆問道。

　　「你們看，甲板上面有艦橋，艦橋上面有雷達。這甲板這麼大，還有跑道，有跑道就應該有飛機，什麼樣的船能搭載飛

機呢？我知道了！這是**飛行甲板**！我有一個重大發現！」小豆包一邊想一邊說，忽然他眼鏡後面的眼睛一亮。

「什麼重大發現？」

「這不是一艘普通的船，」小豆包看了看四周，神秘地說道：「**這是一艘航空母艦！**」

航空母艦？

我的老天爺呀！我們居然登上了一艘航空母艦。

大家一聽我們登上的是航空母艦都**興奮不已**，早把訓練啊，踢球啊，都扔到家鄉去了。

「小豆包，整個甲板都是綠色的，為什麼這一塊偏偏是橙色的？難道是為了開

商店？」肖老闆真是塊做生意的材料。

「這個嘛，」小豆包低下頭看了看，馬上說，「這裏應該是升降平台，就是把甲板下面的飛機升到飛行甲板上來，就好像明星演出站着的那個升降台階一樣。」

「哇！小豆包，你太厲害了！你知道的可真多呀！」我們大家不由得**誇獎**起小豆包來，只有北極蟲撇了撇嘴，沒說話。

「估計**艦艏**會有很多武器呢！走，我們去看看！」小豆包平時呆呆的，但一遇到他感興趣的東西，眼鏡後面那雙小眼睛就會閃閃發光。

「什麼是艦艏？」蔡小強問道。

「就是軍艦的前部分，軍艦的頭。」小豆包補充道。

「那你剛才說的艦橋是什麼？」肖老闆問。

「就是我們身後的這個建築啊！高高的，像甲板上的一個島，它就叫『艦橋』，也叫『島式建築』。」

「哦！艦橋上有些天線，有些篩子，有些圓球，有些盤子，那些東西都是什麼？」蔡小強問道。

「那些不是天線，是雷達，它們是為航母上的各種導彈、魚雷**制導**的。」

「制導？」

「對，就是指揮導彈往哪兒打、打多遠。有的導彈是遠端的；有的是近程的；有的是對付天上飛機的，叫防空導彈；有的是對付軍艦的，叫反艦導彈。不同的導

彈分工不同。」小豆包像專家一樣給大家
解答。

「那麼，哪種導彈最屬害呢？」肖老
闆問道。

「沒有屬害和不屬害之分，射程遠的
武器是為了攻擊敵人，射程近的武器是為
了保護自己。要說屬害，每個都很屬害；
要說重要，每個都很重要！」小豆包解釋
得真好。

「噢——」我**恍然大悟**，「我明白了，
就好像我們的球隊一樣，有的隊員要防守，
有的隊員要進攻。無論是進攻還是防守，
每一個都很重要，不然就贏不了球！」

「完全正確！」小豆包笑着說道。

「哼！」蔡小強瞥了我一眼，「就你

41

知道得多。」

我沒理他，快步跟着小豆包朝着艦艇的方向跑去。在甲板上跑，我感覺身體好像輕了很多。

哇！這裏果然有很多武器！

有的像倒轉了放的巨大水桶，有的像長長的高腳杯，還有的由一排排的炮彈組成一個環形，伸向天空……

「小豆包，這些都是什麼武器？」肖老闆又問道。

「我也說不出名字，不過，我知道這些都是導彈或者是火箭的發射器。你看，裏面是沒有炮彈的。」專家小豆包摸了摸旁邊的一個發射器。

「沒有炮彈？什麼意思？」

「就是說，這艘軍艦不是用來打仗的，至少不是處於戰鬥狀態。你看，我們腳下這些軌道，應該就是用來運送炮彈的，但是它們已經生鏽了。」

「這還用你說嗎？肯定不是在戰鬥狀態的，不然我們的城市離它這麼近，早被炸毀了。」北極蟲**不屑**地說着，從口袋裏拿出一條薯條往嘴巴裏一扔。不知道為什麼，他總是看不慣小豆包，就好像蔡小強看不慣我一樣。

「北極蟲，昨天那袋薯條你還在吃嗎？」我問道。

「不是，這是第五袋了，我的書包裏還有呢。」北極蟲大嚼着薯條說道。

「北極蟲，我看你的書包根本不應該

叫書包，應該叫『食品寄存處』。」小豆包說道。

「你什麼意思？」

「因為不管你書包裏裝多少吃的，都很快會被你搬到肚子裏去。」小豆包說道。

如果我這樣說，北極蟲就會**嘿嘿一笑**，可是小豆包這樣說，他可不愛聽，高聲說道：「小豆包，知道得多有什麼了不起，在球隊裏也就是個『清道夫』，別忘了我可是守門員呢！」

小豆包臉一紅，剛要還嘴，我忽然聽到一把粗粗的聲音：「*快離開！孩子們快離開！*」

誰在說話？

6 大事不妙

「什麼聲音？誰在説話？」我高聲喊道。

「絕對沒大腦，你亂叫什麼？我怎麼沒聽到？」蔡小強不滿地説道。

我向四周看了一下，咦？這導彈發射器上貼着的是什麼？

我們趕緊走近了一看，發射器上貼着一張紙，上面寫着四個大字——招聘啟事。

招聘啟事

本地最大型的酒店——頂呱呱大酒店現招聘以下職位：

1. 侍應生（若干名）
要求：刻苦耐勞，腿腳敏捷，蹦跳得高。

2. 傳菜員（若干名）

要求：和侍應生的要求一樣。

另備注：本餐廳不招聘蝌蚪。

有意者請到 SS-N-12 遠端反艦導彈發射艙報名。

另另備注：請在營業時間內報名。

頂呱呱大酒店總經理辦公室

看完之後，肖老闆馬上說：「我看來，這上面有家餐廳，招聘啟事都貼出來了。」

「可是你聽說過哪個招聘啟事上寫着『不招聘蝌蚪』的嗎？」小豆包皺着眉頭問道。

肖老闆撓撓頭，不知道怎麼回答了。

「難道……難道這間餐廳是青蛙開的嗎？」

一聽我這樣說，大家**哈哈大笑**起來。

「別管吧！我們在上面玩一會兒再說。絕對沒大腦，咱們就在這裏比試！」

蔡小強把球踢了過來。

這傢伙還想着踢球呢，我以為他早把這件事給忘了。

「比就比！」我接過球。

大家都從艦艙來到了飛行甲板上，小豆包和肖老闆假扮龍門。

「怎麼比？」我問道。

「比射門，我先來。」蔡小強説着把球放在了甲板上，向後退了幾步，**猛勁一踢**，只見球嗖的一下飛了起來。這一腳可真猛，球飛得老高。我一看，大事不妙！球朝着我飛過來了，我用頭迎着球衝了過去，球便朝着「龍門」飛去。

哈哈，**頭錘射門**！進了！

蔡小強一看進球了，但因為是在我的

幫助下進球，便生氣地說道：「你幹什麼呀？誰讓你接？」

「你這影子前鋒配合得真不錯！」我故意這樣說。

這下子，蔡小強更生氣了。他開始**裝老大**，對着小豆包和肖老闆大喊道：「誰和我一夥的？和我去那邊練球！」

聽他這樣一說，這兩個人竟都跟着他走了。

哼！蔡小強有什麼了不起，真是過分！還好我有北極蟲這個朋友。我這樣想着，和北極蟲走到了艦艉，越往艦艉走，越能感覺到船頭高高地翹起來。我們站在艦艉頂端，海風迎面吹來。

「拉鎖！拉鎖！」北極蟲高聲喊道。

「怎麼啦？叫這麼大聲幹嗎？**大驚小怪**的。」

「你看，軍艦在動！」

「那是錯覺！」

「不對！不對！你看，我們看不到棉花糖裏的城市了。」

「當然了，因為霧更大了嘛！」我的話音剛落，只見**瀰漫**在城市中的霧忽地散開了。

我趕快抓着欄杆，朝向上船的地方一看，我的天！連接岸上那搖搖晃晃的長橋不見了。

就在這時，我真真切切地感覺到了航母在移動，離岸邊越來越遠。

糟了！我們回不了家了！

7 水晶魔鬼船

我大聲地朝着岸邊高喊：「救命啊！救命啊！」

可是，我們離岸太遠了，人們根本聽不到。我抬頭一看，天也變了顏色，頭頂上原本**明晃晃**的太陽一下子不見了，天忽然暗了下來。

「快叫蔡小強他們過來一起喊！」

北極蟲一聽我這樣說，馬上跑到艦尾去找蔡小強他們。

他們幾個人很快就跑了過來，我們大家一起朝着岸邊喊：「救命啊——快來人呀——」

可是岸上沒有人注意到我們，軍艦越走越遠，天越來越暗，眼看着我們的城市慢慢變成了一條黑色的線。

「怎麼辦？怎麼辦？怎麼辦……」所有的人都慌了。

小豆包剛剛還像個專家，這會兒居然要哭出來了。

「這哪裏是什麼航空母艦？我看明明是艘**魔鬼船**！你看呀，我們上來這麼久，一個人都沒有看到，不是魔鬼船是什麼？」北極蟲牙齒打着顫，害怕地説道。

「魔鬼船？」我身後一涼，渾身的汗毛一下子全都立起來了。

「都怪你！絕對沒大腦！讓我們去看什麼招聘啟事，害得我們回不了家了！」

蔡小強指着我高聲嚷道。

「憑什麼怪我？明明是你讓我們上船，也是你要和我比踢球的！」我氣得火冒三丈，不不不，是火冒三千丈。

「別吵了，你們看看！天怎麼這麼快就黑了？」肖老闆看着天說道。

是呀，就在我們說話這會兒，天已經全黑了。天怎麼這麼快就黑了？現在應該是中午才對呀！我這樣想着，發現月亮已經出來了，月亮好大好圓，感覺比平時大很多，月亮的光也比平時明亮。

月光灑在航母上，就像撒下了一把星星，越來越亮。航母的甲板、艦橋，還有那些武器都被照得清清楚楚，而且發着淡紫色的光。航母變成了一艘閃閃發光的水

晶船。

「哇，這麼漂亮，等船靠岸可以賣票讓人參觀了。」肖老闆說道。真不明白，都這個時候了，他還能想着做生意。

我可沒有心情欣賞這美麗的水晶船，而是蜷着身子，躲在艦艇的一個發射器旁不敢動。

「隆——」

不知道是從哪兒發出來的巨大聲音，嚇得大家哆嗦起來，縮在了一起。

「這……這是什麼聲音呀？好……好嚇人。」北極蟲**戰戰兢兢**地問道。

「好像……好像是航母鳴笛的聲音。」小豆包聲音發抖地說。

「航母不會自己鳴笛吧？那就是說這

船上除了我們還有別人啊！」我忽然想道。

就在這時，月光照在飛行甲板的橙色升降平台上。升降平台緩緩下降，又緩緩上升。一隊身穿白色衣服的青蛙，一邊跳一邊吹吹打打，從升降平台上走了下來。前面的三隻青蛙咚咚咚地敲着鼓，後面的三隻青蛙賣力地吹着小號。這些青蛙一隻隻**穿戴整齊**，個子居然和我們差不多高。

「快看看！這羣青蛙比學校的鼓號隊吹得整齊多了！」北極蟲蜷在那裏小聲說道。

「噓──」我們大家一齊把手指放在了嘴唇上。

隨着青蛙鼓號隊咚咚的鼓聲，軍艦上的雷達轉動起來，導彈庫的門也開了，艦

船上所有的圓形門窗都開了。許許多多的
青蛙從門窗裏跳了出來，有的坐在航艦上，
有的坐在飛機的機翼上，身穿**各種各樣**的
衣服。

　　這時，升降平台再一次下降，一隻身
穿白色馬甲、藍色外衣的胖青蛙緩緩升到
飛行甲板上來。

　　月光照在胖青蛙的藍色外衣上，閃閃
發亮。

8 甲板足球賽

　　胖青蛙站在了甲板中間，從上衣口袋裏拿出一塊手帕捂在鼻子上，隆的一聲，他擤鼻子的聲音大得不得了，蓋過了鼓號隊的聲音。一聽到這個聲音，所有的鼓聲、號聲都停了下來。

我們幾個互相看了看，心想：原來那陣子聽到的聲音不是航母的鳴笛聲，而是這個傢伙擤鼻涕的聲音啊。

胖青蛙看了一圈甲板上的青蛙，清了清嗓子，唸起了他的發言稿：「先生們，女士們，蝌蚪們，大家好！」

青蛙紛紛禮貌地為他鼓掌。北極蟲剛拍了一下手，被我掐了一把，停下了。

「歡迎大家來到『何羅魚號』航空母艦，我是『何羅魚號』上『頂呱呱大酒店』的老闆，也是足球協會的會長，鼻涕蛙先生。」鼻涕蛙的鼻涕配合地流了下來，他擦了一下鼻涕繼續說道，「今天我們的『何羅魚號』航空母艦迎來了新一次月圓，按照習俗，每次月圓之夜我們都會舉行一

場『甲板足球賽』，獲勝隊伍有資格指揮『何羅魚號』航母的行駛方向。相信大家都對這次比賽非常期待！本次比賽的參賽隊是氣鼓鼓隊和蹦蹦球隊，有請兩隊隊員入場！」

鼻涕蛙**話音剛落**，升降平台上緩緩出現穿着兩種不同顏色球衣的青蛙，他們驕傲地朝觀眾揮手。

艦橋上、機翼上、雷達上、飛行甲板上的青蛙立刻歡呼起來。

「比賽馬上開始，請龍門就位！」

說着，兩隻身體**龐大**的青蛙出現在甲板上。他們分別站在甲板兩側，張開大嘴，嘴巴越張越大，越張越大，直到大得比人還高，才停下來。

「哦，這就是他們的龍門啊！」肖老闆**小聲嘀咕**。

蔡小強狠狠地拍了下肖老闆的頭。

「打我幹嗎？反正也回不去家了，先看場球賽有什麼不好？先說不用買票，還不用排隊。」肖老闆噘着嘴巴嘀咕着。

「隆——」隨着鼻涕蛙又一次長長的擤鼻涕聲，一場青蛙足球賽開始了。

比賽正在激烈地進行中，也不知道什麼時候冒出了這麼多的青蛙，整艘航母簡直是「蛙山蛙海」。

「氣鼓鼓！呱呱呱！」

「蹦蹦球！砰砰砰！」

雙方的啦啦隊高聲吶喊。

場上**踢得正歡**，我們躲在角落裏偷偷

地觀看。青蛙足球賽的規則和我們的基本
一樣，不同的是這種正規足球賽他們五個
人一隊，我們一隊是十一個人。

　　「各位觀眾！呱呱！各位觀眾！呱
呱！激動人心的時刻到了，全場的目光都
投向了氣鼓鼓隊的霸王蛙！」鼻涕蛙一邊
在旁邊解說，一邊不停地擦着鼻涕，「呱
呱！霸王蛙正在帶球，他一邊向前踢，一
邊防着對方球員來搶，尋找機會傳球給隊
友箭毒蛙……呱呱！機會來了，呱呱！他
用力一腳，呱！球飛出去了！」啦啦隊隊
員激動地伸長脖子：「砰砰砰！呱呱呱！」

　　那個霸王蛙球員又一次控制住了球，
可惜球在快要落地時被對方搶走了，真的
太可惜了！不過，霸王蛙注定是場上最耀

眼的明星，說時遲那時快，只見他再一次控制了球。

「我的呱呀！快看！呱！」

我緊張得**手心出汗**了，不由自主地揮着拳頭。

霸王蛙身體龐大，卻格外的靈巧，他帶着球左躲右閃，眼看着離球門越來越近了。

嘿！一腳射門！足球場上一片歡呼！

「好球！」北極蟲忍不住站了起來大叫一聲，這一叫引起了不遠處一隻鼓號隊青蛙的注意。

「人類！呱！人類！」

一瞬間，所有青蛙的目光都投向了我們。

糟糕！**我們被發現了**。

9 人類明星足球隊

「呱呱！人類！呱呱！人類！呱呱！人類！」青蛙們頓時蹦的蹦，跳的跳，一邊**蹦跳**一邊叫。

大事不妙！趕快逃跑！身後有一條梯子，我們幾個蹭蹭蹭地順着梯子往上爬，沒爬多高梯子就到了盡頭，我們從這個雷達跳到那個雷達，可是再怎麼跳也跳不過青蛙，沒跳幾下，我們幾個全部被青蛙拿下。

我**屈辱**地被兩隻青蛙掰着胳膊，這些傢伙吵吵嚷嚷地把我們五個帶到了飛行甲板中間。

「呱呱！你們人類怎麼跑到我們的航母上來了？」鼻涕蛙把胳膊抱在胸前問道。

「呱！快說！」

「快說！呱呱！」其他青蛙也七嘴八舌地說道，對我們這幾個外來者充滿敵意。

「你們那麼大聲幹嗎？我們又不是來搶你們的蒼蠅吃！」我說道。心想：這個時候千萬別給人類丟臉。

「嘿！你們這些無知的人！」鼻涕蛙生氣地高聲說道，「要不要把這些人扔下去？」

其他青蛙異口同聲地喊道：「要！」

說着，幾隻又高又壯的青蛙跳了過來。

「絕對沒大腦，都怪你多嘴！」蔡小強瞪着眼睛說道。

　「等等，等等！」我連忙叫道，「告訴你們，我們……我們可是人類裏面的足球明星！本來今天有一艘大船來接我們去訓練，結果我們一不小心上錯了船。要是知道船上都是青蛙，我們才不會來呢！」

　「你們是人類足球明星？」青蛙們大吃一驚，看着我們就像我們人類看馬戲團的動物一樣。

「你們說的是真的？」鼻涕蛙懷疑地問道。

「當然，沒看見我們的球嗎？」北極蟲舉着球說道。

「別忘了，足球還是我們人類發明的呢！」小豆包這個時候還不忘顯示一下他的學問，推了推眼鏡驕傲地說。

一聽我們這麼說，青蛙們好像相信了我們的話。

「既然是人類的足球明星，那球一定踢得很棒！」

「那當然！看我們踢球的人，比這裏的青蛙多很多呢！」北極蟲說道。看他說話時的表情，連我都相信了。

「呱呱！那好！我們這『何羅魚號』

上面的朋友，最喜歡的就是足球，最崇拜的就是踢球勝利的團隊，你們和我們的氣鼓鼓隊踢一場，怎麼樣？呱呱！如果你們贏了，即使是人類團隊，我們也會為你**歡呼**。呱呱！我們不僅不會傷害你們，還會按照規矩，由你們指揮『何羅魚號』航母的行駛航線，也就是說，呱呱！航母可以送你們回家。呱呱！但是，如果你們輸了……」

鼻涕蛙說着，鼻涕馬上就要流出來了，他來不及拿手帕，一把撕下貼在導彈發射器上的招聘啟事，用力一擤鼻子，然後看了看手裏的招聘啟事，笑着說道：「呱！如果你們輸了，我就沒收你們的足球，哈哈哈，你們要到我的頂呱呱大酒店做餐廳

侍應生。呱呱呱！足球明星，怎麼樣？呱！對了，你們誰是隊長？呱！」

「我！」我和蔡小強**齊聲答道**。

「哈哈，你們五個人兩個隊長？」

「別管幾個隊長，比就比！就這麼定了，我們現在要商量一下戰術。」我高聲說道。

我們哪裏有什麼戰術？五個人圍在一起，小聲說起話來。

「絕對沒大腦，你瘋了嗎？你以為我們真是足球明星嗎？」蔡小強眼睛瞪得比牛還大。

「我也是沒辦法才吹牛的，就算輸了當侍應生，也比馬上被扔到海裏好吧？」我說道。

「沒有別的辦法了，踢吧！」

伴隨一聲**震耳欲聾**的擤鼻涕聲，鼻涕蛙宣佈：「人類明星隊對青蛙氣鼓鼓隊的甲板足球賽正式開始！請雙方隊員入場——」

10 你猜誰輸了？

　　你猜對了，我們輸了。關於我們是怎麼輸的，我不想多說了。

　　比賽中，小豆包的「清道夫」位置本來是應該幫守門員北極蟲攔住球的，可是因為他和北極蟲剛吵過架，踢得一點兒都不積極，讓對方進了球。蔡小強呢？他不肯傳球給我，獨個兒地自己踢，我一生氣用力過猛，結果出界了，對方又成功進了一球。這場比賽我們以 0：10 慘敗。

　　你能想像得到青蛙是怎麼嘲笑我們的嗎？你一定想像不到，他們笑得舌頭都捲起來了，問我們到底是人類足球明星還是

喜劇明星。

　　總之，我們給人類**丟臉**了，如果下次你抓青蛙的時候，青蛙對你說：「你們的那幾個足球明星腳真臭！」你可千萬不要感到意外。

　　不多說了，翻頁吧。

11 頂呱呱大酒店

足球被鼻涕蛙沒收了，我們也「光榮地」成了頂呱呱大酒店的侍應生，唉！我真是做夢都沒有想過，有一天會給青蛙打工。

這艘行駛在大海上的**精靈航母**，上面有各種各樣的商店和餐廳。商店賣的都是些奇奇怪怪的東西，餐廳裏懸掛着各種美食，當然是青蛙們的美食。我不知道為什麼這些店鋪開在航母上，估計這些青蛙和肖老闆一樣都超級會做生意。

頂呱呱大酒店位於「何羅魚號」航母的**艦艇武器裝備區**，老闆是鼻涕蛙，SS-

N-12 遠端反艦導彈的八個發射器都是他的地盤。

我們開始了餐廳侍應生的生活，每天背菜單，學上菜、傳菜。青蛙餐廳和我們人類的餐廳還是有很多區別的，就連裝菜用的都不是普通的盤子，而是一個個的圓球。因為青蛙們不喜歡吃**靜止不動**的食物，所以我們這些侍應生要想辦法讓菜都「飛」起來。

　　有很多青蛙客人來這裏用餐，一進門就說：「請讓你們店裏的那幾位人類侍應生給我上菜。」

　　我每次聽到有客人這樣說，都會大叫：「人類侍應生已經被你們累死了！」

　　一聽我這樣說，毛蛙就會跑過來連忙說：「小聲點！小聲點！」

　　毛蛙是我們的領班，因為腿上長着很多毛，所以叫毛蛙。他對別的侍應生都是**呼來喝去**，卻從來不敢對我們呼喊。我想，主要是因為我們經常在他面前談論「蛤蟆腿有多麼好吃」吧。

　　毛蛙給我們一張菜單讓我們背，我才懶得背呢，課文我都背不下來，誰會背這一看就想吐的菜單？

頂呱呱大酒店菜單

黃粉蟲蛋糕	96 精靈幣 / 份	蚯蚓糯米雞	73 精靈幣 / 份
花腳蚊湯圓	46 精靈幣 / 碗	銀螻蛄咸水餃	102 精靈幣 / 份
豆豉香蒸蠕蟲	77 精靈幣 / 份	水晶蛾叉燒包	86 精靈幣 / 份
稻飛蝨黃金糕	68 精靈幣 / 份	香煎蒼蠅乾	53 精靈幣 / 份
蠕蟲艇仔粥	58 精靈幣 / 碗	稻眼蝶腸粉	48 精靈幣 / 份
金龜子金錢肚	96 精靈幣 / 份	咖喱青蟲筋	99 精靈幣 / 份
蝗蟲燒賣	78 精靈幣 / 份	鮮竹夜蛾肉丸	108 精靈幣 / 份

　　只有小豆包背得清楚。以前他背課文背得好，我不覺得有多厲害。不過現在他背菜單背得好，我真佩服他，主要是他怎麼能看着菜單不噁心？佩服！佩服！

這麼噁心的菜單你能背下來嗎？反正我背不下來。

一天忙完我們都回到了宿舍，其他侍應生都住在甲板下面的火箭炮筒裏，只有我們五個住在**魚雷發射艙**裏。不過，我真擔心哪天一不留神被當成魚雷發射出去。

我大字型躺在硬邦邦的牀上，這一天雙腳一刻都沒停下來，現在兩隻腳板懸在半空火辣辣地不想碰牀。

「哎喲喲！累死我了！」肖天躺在牀上大叫道：「我堂堂的肖大老闆什麼時候受過這委屈啊！」

「可不是嘛，比體育課上繞着操場青蛙跳還累。」北極蟲說道揉着自己的胳膊。

「求求你，千萬不要再提『蛙』這個

字。」小豆包搖搖頭：「我們是**虎落平陽被犬欺**，哦不，是虎落平陽被『蛙』欺。」

「好了，小豆包，這個時候你就別**咬文嚼字**了。」蔡小強沒好氣地說道。

我躺在那裏一句話都不想說，一點力氣都沒有，說話都覺得累得慌。

「你們知道嗎？我們餐廳的生意之前很不好，原因是艦尾新開了一家『叫得響大酒店』，那家酒店的餐廳據說是經營自助餐，就是把吃的都掛在樹上，搶走了很多客人。但是自從我們幾個來了之後，頂呱呱的生意又火紅起來。知道為什麼嗎？」肖老闆躺在牀上說道。「哼！還用說嗎？那些傢伙把我們當**吉祥物**了！」

「我現在終於知道，為什麼我們輸的

時候，鼻涕蛙笑得那麼開心了！」

「這個鼻涕蛙真是狡猾！現在客人天天爆滿，鼻涕蛙賺足了錢，我們可是累得要命！」蔡小強一邊說着，一邊捶着腿。

正在這時，忽然聽到有人敲門。

「誰呀？」

「我，毛蛙。」

這麼晚了，毛蛙找我們有什麼事呢？

12 領班毛蛙來訪

　　我們開門一看，果然是毛蛙，他手裏還拿着個袋子。

　　「不好意思，各位，這麼晚了還**打擾**你們。」毛蛙客氣地說道。

　　「毛蛙領班，你不會是來抽查背菜單的吧？」北極蟲連忙說，他在學校被老師抽查得怕了。

　　「不是不是，我來有別的事。」說着毛蛙走了進來，「你們知道餐廳裏每天扮演小丑的那隻青蛙嗎？」

　　「就是穿着一身熒光綠連體衣在門口蹦來蹦去的那隻小丑蛙嗎？」肖老闆問道。

「沒錯，他今天被**辭退**了，原因是他碰倒了老闆辦公室裏的那棵果樹。」

「就那棵小果樹嗎？一共就長了兩個果子，倒了有什麼了不起的，扶起來不就行了嘛，幹嗎要辭退人家？」我問道。

「哎喲，你可不要小看那棵小果樹。那上面結的果子叫『追風果』，可以**治百病**的！還好果樹只是倒了，果子還在上面，那可是鼻涕蛙老闆的寶貝呢！」毛蛙神秘地說道。

「這跟我們有什麼關係？你來找我們幹嗎？」蔡小強沒好氣地問。

「小丑蛙走了，老闆讓我問問你們，誰能去那個崗位？」說着，毛蛙從袋子裏拿出那身熒光綠連體衣。

「什麼？讓我們當小丑？」我們五個一齊吃驚地問道。

「想都不要想！光那身衣服我已經受不了。」蔡小強說道。

「其實做小丑沒有侍應生那麼累的，而且每天還可以多吃兩個**水晶蛾叉燒包**。」毛蛙伸出兩根手指說道。

「你和鼻涕蛙說，之前說好的，輸了球做侍應生，可沒有說當小丑，所以這麼好的職位，讓他找別人吧。」我說完，把荷葉被子往身上一蓋，假裝睡覺去了。

一看我們都不想去，毛蛙搖搖頭走了。

夜裏，我睡得迷迷糊糊的，忽然聽到有人在耳邊叫我，睜開眼一看，是北極蟲。

「北極蟲，幹嗎呀？你不睡覺啊？」我揉揉眼睛說道。

「噓——我有事情要跟你說，這是在餐廳的時候我聽一個客人說的。」北極蟲神秘地接着說道，「這艘航空母艦原本是精靈世界唯一的一艘航母，不知道什麼原因卻沒有參加過任何戰爭。後來青蛙們在航母上做起了生意，漸漸地『何羅魚號』

航母成了青蛙們的市集。它在海面上四處漂蕩，按照傳統每個月圓夜會舉行一次足球賽，贏了的球隊就可以指揮航母駛向哪裏，停在哪個海岸。」

「你跟我説這些幹嗎？我們不是已經踢輸了嗎？」

「你不覺得這艘航母太神秘了嗎？我們一起去甲板下面看看吧！萬一找到一些什麼東西，可以讓我們回家呢？」

我想了想：「你説得對，我可不想一直呆在這個鬼地方給青蛙打工。我們應該去航母裏**探險**，説不定有什麼收穫！就現在？」

「就現在！」

想到這裏，我倆穿好衣服，偷偷地走

出魚雷艙，朝甲板下面走去。

「甲板下面應該還有很多層，白天的時候我就留意了那邊有一個通道。」我貼着艦橋的邊，一點點往前走。

「你真棒！咱們有路就走，說不定能發現什麼呢！」北極蟲點點頭，跟在我身後。

我們當然不知道路，看見樓梯就走，樓梯很窄很陡，直上直下的，**左拐右拐**無數個短短的走廊連在一起，看起來都差不多，走幾步就要轉彎，也不知道是通向哪裏的。走着走着，聽到後面有聲音，我們忽然停了下來。

「有沒有覺得好像有誰跟蹤我們？」我小聲問北極蟲。

北極蟲警惕地瞪大眼睛，我把食指豎在嘴邊，讓北極蟲不要發出聲音。

　　轉過前面的拐彎，然後猛地向後一轉頭，哦！**原來是你們！**

13 航母迷宮

原來，跟蹤我們的是蔡小強、小豆包和肖老闆。

「幹嗎跟蹤我們？你們是不是聽到我們聊天了？」我生氣地問道。

「聽到了又怎麼樣？你們出來為什麼不叫上我們？我們可是來自『同一個世界，同一間學校』呢！」蔡小強撇嘴說道。

「你們出來是找什麼寶貝的吧？這些地方除了樓梯就是走廊，哪裏會有寶貝呀！」肖老闆說道。

「我們是想來甲板下面探險的，既然你們跟過來了，就一起走吧。」說着，我

們五人一起往前走。

我們又走了好長好長時間，可還是那些永遠走不完的窄樓梯。

「我怎麼覺得這個地方剛剛來過？」小豆包**皺着眉頭**説道。

「是呀，我們好像走在迷宮裏！我們可能迷路了。」我撓着頭説道。

「小豆包，你是專家，你能帶我們走出去嗎？」肖老闆問道。

「我只是知道一點兒**軍事知識**，可我不會走航母迷宮啊！」小豆包搖搖頭回答。

「絕對沒大腦，你把我們帶到這裏，這下子麻煩了！」蔡小強又要怪我。

「怎麼是我把你們帶到這裏呢？是你們自己跟過來的！」一聽蔡小強説話，我

就生氣極了。

　　我們五個繞來繞去，還是找不到回去的路，在頂呱呱酒店當侍應生已經夠累的了，還沒有休息過來，就跑到這裏走迷宮，真的好慘啊！我一屁股坐下來，一動不想動了。

　　「你們聽，好像有聲音！」

　　「我也聽到了。」我的耳邊隱約響起一把聲音，那個聲音有點兒熟悉。

　　「一直往前走——去找老鷹——去找老鷹——」沒錯，就是這把粗粗的聲音。

　　「我想起來了，在我們剛上航母的時候，提醒我們趕快回家的就是這把聲音！」蔡小強說道。

　　「他是誰呢？他在哪兒呢？他讓我們

找老鷹？老鷹又是誰？」我四處看着。

　　「我們往前走走看，説不定有什麼新發現呢！」小豆包説道。

　　我們一直往前走，可是還是沒有發現聲音是從哪裏來的。

　　走着走着，忽然，一隻龐大的鳥從我們頭頂飛過，嚇得我渾身一抖。

　　「哇！那是什麼？」

我們**定神一看**，果然是一隻老鷹。

「我們不是青蛙，不要吃我們！」看到老鷹，我們大喊起來。

「我才不吃青蛙呢！」老鷹**收攏翅膀**站在我們前面，用嘴巴梳理了一下羽毛，「奇怪，你們幾個人類小孩怎麼跑到這艘航母上來了？」

這隻老鷹真的好大好大，站在那裏一點兒都不比我矮。他的眼睛又大又亮，好像一眼就能看到你心裏去。

「我們是一支足球隊，不小心跑到航母上來，結果回不了家。後來，青蛙要和我們踢足球，結果我們踢輸了。現在，我們五個在餐廳裏給青蛙當侍應生。」蔡小強低聲說道，我和其他四個人連連點頭。

「足球隊？」老鷹**忽然一愣**，眼睛裏

閃過一道光。他在我們身邊走來走去，心裏好像在想些什麼。

他雖然外表是老鷹的模樣，可是說起話來，走起路來，卻和人類一模一樣。

「你們想回家嗎？」老鷹忽然問道。

「想啊！」我們五個**異口同聲**地回答道。

「想回家就要踢贏他們！」老鷹堅定地說道。

「可是，我們的足球被鼻涕蛙拿走了。」

「跟我來！」老鷹說道。

14 五甲機庫

在老鷹的帶領下，我們來到了一個格外寬敞的地方。

「哇！這裏好大呀！」我們一起感歎道。

「這裏是五甲機庫，在甲板下面第五層，用來停放飛機的，這裏可以停放很多架飛機。」老鷹說着，往前飛了起來，在這裏，老鷹可以任意地飛。

「怪不得呢！和那些窄走廊比起來，這裏好像佔多少地方都不要錢。」肖老闆說話總是離不開錢。

比起我們住的魚雷艙，這裏的空間簡

直是**奢侈**。可是這麼大的地方怎麼什麼都沒有放呢？哦，不，也不能説什麼都沒有，在五甲機庫的一面牆上掛着很多隻老鷹風箏。

「這裏是機庫，可沒有見到飛機啊！誰住在這裏呢？」

「我呀！」

「就你一個？」

「還有我的隊友們。」説着，老鷹從一個滿是灰塵的箱子裏拿出一樣東西，輕輕一吹，**塵土飛揚**。

「足球！」我們幾個人看見足球興奮極了。

老鷹把球放在地上，用力一踢，只見球像子彈一樣，衝向對面的龍門。

「哇，一腳射門！」老鷹的這一腳，我們看呆了！

「老鷹先生，請您做我們的教練吧！我們跟着您學踢足球！」我真誠地說道。

「是呀，老鷹先生，求求您了！」

「求求您了，您就答應我們吧！」

「我們想回家！我們一定要踢贏他們！」大家**哀求**道。

「你們真的想學踢足球？」老鷹有點兒猶豫。

「真的想學！」

「可是我的時間不多了。」老鷹想了想，又說道，「那你們要答應我，一定要**刻苦訓練**，在下一次月圓來臨的時候，踢贏他們！」

「好！我們一定會刻苦訓練，踢贏他們！」我們五個異口同聲地說道。

「不，是一定要在下次月圓的時候踢贏他們！還有，請叫我『老鷹隊長』。」老鷹隊長強調道。

「是！老鷹隊長！」我們齊聲說道。

從這天起，我們白天在頂呱呱餐廳工作，晚上就來到五甲機庫跟着老鷹隊長訓練足球。最開始那幾天，我們每次訓練只做一件事，就是繞着五甲機庫一圈一圈地跑。老鷹隊長從來不考慮我們辛苦工作了一天有多累，簡直是個「魔鬼老鷹隊長」。

在我們跑了很多很多圈之後，有一天，老鷹隊長終於說要教我們踢「內旋球」，這可把我們樂壞了。

「**內旋球**也叫『香蕉球』，球的路線好像是一條香蕉，我要一個個地教你們踢內旋球。拉鎖，今天先教你！」老鷹隊長說道，他已經對我們幾個的名字非常熟悉了。

我一聽到老鷹隊長第一個教我，心裏**美滋滋**的，偷偷地看了一眼蔡小強。蔡小強的臉色一下子就變了，嘴巴噘得三尺高。

「老鷹隊長，那我們呢？」蔡小強不開心地問道。

「你們先繼續跑圈。」老鷹隊長答道。

這下子，蔡小強三尺高的嘴巴又長高了一截。

老鷹隊長開始教我踢內旋球。蔡小強不好好跑圈，而是繞着我們來回跑。

「蔡小強，你先去跑圈，我明天再教你內旋球。」老鷹隊長說道。

「可是我現在就想學，您看，我踢得比他好！」說着，蔡小強跑到前面，截過我腳下的球，用力一踢。

只聽到蔡小強「哎呀」一聲，球沒踢飛，人卻倒了。

「啊——好痛好痛！」蔡小強一屁股坐在地上，齜牙咧嘴地扶着自己腳腕：「完了完了，一定是斷掉了！我聽到了咔啦一聲，一定是斷掉了！」

「還能動嗎？」老鷹隊長關切地問道。

「不行啊，動不了，動不了！」蔡小強憋得臉通紅，痛得他眼淚啪嗒啪嗒往下掉。

我仔細看着蔡小強的腳，通紅的腳腕腫了起來，這要是在學校，還可以送到醫務室，可是這裏的醫務室在哪兒呢？

「看來傷得有些嚴重啊！」老鷹隊長看着蔡小強的腳腕歎了口氣。

「完了，我練不了球了……我……我比不了賽了……我回不了家了……我要一

輩子給青蛙打工了⋯⋯嗚嗚嗚⋯⋯」蔡小強**聲淚俱下**，嚎啕大哭起來。

看着蔡小強難過的樣子，我們幾個你看看我，我看看你，心裏都很難過。

就在我們都來圍着蔡小強的時候，忽然看到一個黑影從五甲機庫的艙門**一閃而過**。

「誰？」我和北極蟲追了出去。

　　我和北極蟲**垂頭喪氣**地回到了五甲機庫。

　　「怎麼樣，追上了嗎？」老鷹隊長問道。

　　「我們跳上跳下追了好一會兒，不過還是讓他跑掉了。」北極蟲說完馬上問道，「蔡小強的腳怎麼樣了？」

　　「扭到右腳，都腫起來了，看來這段時間都不能踢球。」小豆包難過地說道。

　　「哎喲，哎喲……」蔡小強坐在地上還在叫。

　　「唉！」老鷹隊長歎了口氣，「我們

這支球隊最大的問題不是缺乏訓練，而是隊員根本不是一條心。如果大家不團結起來，會踢再多的內旋球也是沒用的。」

聽老鷹隊長這樣說，我們都低下了頭。

「今天就練到這裏，你們都回去吧。」說完，老鷹隊長轉過身去。

我們幾個人攙扶着蔡小強，一步步地回到了魚雷艙宿舍。

蔡小強的腳踢不了球，怎麼辦呢？去頂呱呱大酒店裏找找吧，說不定有塗抹的藥酒。我這樣想着，一個人來到了頂呱呱大酒店。

這個時候的頂呱呱大酒店已經結束了營業，不過最裏面那個導彈發射器怎麼還有亮光呢？那間是鼻涕蛙老闆的辦公室。

我悄悄地走到辦公室門口，聽到裏面有人對話，哦不，是有蛙對話。

「老闆，老闆，我發現那幾個人類侍應生在偷偷地訓練踢球呢！」這個聲音是毛蛙的。

原來，剛剛在五甲機庫看到的那個黑影是毛蛙啊！怪不得我們追不上他，他可是「飛毛腿」。

「哼！他們訓練也沒有用，我早看出來了，這幾個**人心不齊**，所以任憑他們怎麼訓練，也是永遠都踢不過我們青蛙的！」鼻涕蛙**輕蔑**地說道。

聽到他這樣說，我的心一緊，好像被重重地敲了一下。

「老闆，呱呱！侍應生蔡小強訓練的

時候扭傷了腳，好像扭得蠻嚴重的。要不要摘下一顆花盆裏的『追風果』給他？呱呱！要不然，蔡小強恐怕連侍應生都做不了，會**耽誤**我們生意的。」毛蛙接着說道。

「呱呱！你想什麼呢？追風果給人類用了多可惜！他如果做不了侍應生，就別怪我把他扔到海裏去了。」鼻涕蛙擦了一下鼻子，冷冷地說道。

聽到鼻涕蛙這樣說，嚇得我**渾身發冷**。

不行！我一定要幫蔡小強！

我想了想，敲了敲辦公室的門，我決定和鼻涕蛙做一筆生意。

16 矛盾解除

第二天，頂呱呱大酒店坐滿了客人，青蛙客人享用着各種豐盛的美食。就在客人吃得正歡的時候，我穿着一身**熒光綠連體衣**，頭戴一頂五彩帽，畫着一個大花臉，出現了。

「説胡謅，道胡謅，

大年初一立了秋。

一棵稻子打八斗，

一根柱子蓋高樓。

毛毛蟲下個天鵝蛋，

跳蚤吃了頭大牯牛……」

我一邊跳着一邊唱《胡謅歌》，把客人們逗得哈哈大笑。

　　鼻涕蛙老闆笑得**合不攏嘴**，看來他對我這個小丑很滿意。

一天的工作結束了，我們又來到五甲機庫準備訓練，做了一天的小丑，感覺比當侍應生累多了。

蔡小強雖然腳動不了，但他還是被小豆包和肖老闆攙扶着，過來看我們訓練。

「絕對沒大腦，你是不是覺得我受傷了，我們隊一定贏不了，就去討好鼻涕蛙老闆，給人家當起了小丑？」一見到我，蔡小強就**陰陽怪氣**地說道。

「是啊，不是說好了，不去當那個小丑嗎？」肖老闆扶着蔡小強坐到一邊，說個不停，「這麼快就去討好鼻涕蛙，不會就因為想多吃兩個水晶蛾叉燒包吧？」

「真沒**志氣**！我們人類的臉都被你丟盡了！」蔡小強輕蔑地說道。

我並不在意蔡小強怎麼說我，我走到蔡小強跟前，從小丑服的口袋裏掏出一個果子。

　　「這是追風果，在受傷的地方擦一擦就會好。」

　　蔡小強一聽，愣住了。沒等他反應過來，我蹲下身子，把果子擠碎，將裏面的汁抹到蔡小強受傷的地方。

　　蔡小強詫異地問：「追風果不是鼻涕蛙的寶貝嗎？他怎麼會給你？」

　　「我答應鼻涕蛙做餐廳裏的小丑，他答應給我一顆追風果。」我一邊抹一邊說。

　　「你這個生意做得有點兒吃虧呢！」肖老闆說道。

　　「不吃虧！追風果是鼻涕蛙的寶貝，

蔡小強是我們球隊的寶貝。沒有影子前鋒幫我，我這個前鋒進不了球；沒有你這個寶貝，我們永遠贏不了。你一定要好起來，我們要一起回家呢！」

我看着蔡小強，蔡小強也看着我。之前他從來都是斜着眼看我，但這個時候，他的眼睛看着我的眼睛，我看到他的眼裏閃着淚光。

一下子大家都不説話了。

蔡小強低着頭什麼也沒説，最開始只是微微地**抽泣**着，接着抽泣聲越來越大，越來越大，最後大哭起來。

「對不起，對不起……」蔡小強哭着説道，一下子抱緊了我。

「一棵稻子打不了八斗米，一根

柱子蓋不了大高樓。就像航母上的武器一樣，雖然它們每個都不一樣，但是都一樣重要。球隊裏的每個隊員性格都不一樣，但是缺了誰都不能贏！我們一起努力，才會贏！」我說完，伸出一隻手，北極蟲、小豆包、肖老闆都圍了過來，我們的手一層層疊在了一起。

「對！我們一起努力！一起回家！」

「一起努力！一起回家！」大家一起說道，聲音在五甲機庫裏**迴響**着。

大家激動地跳了起來，這時才發現，蔡小強的腳好了。

老鷹隊長看着我們，我第一次看到他在微笑。

17 比賽前夜

　　之後的那段時間裏，我們所有隊員每天都在刻苦地訓練。老鷹隊長教會了我們很多踢球的技巧，我和蔡小強學會了踢內旋球，北極蟲學會了「魚躍撲球」，大家的踢球技術都**突飛猛進**。

　　鼻涕蛙為了不讓我們訓練，加長了工作時間。不過他真是小看我們了！工作時間加長了，不僅沒有影響我們訓練，反而讓我們驚奇地發現，在工作的時候也可以訓練：我們在傳菜的時候練習運球，北極蟲利用接菜的時間練習**撲球**，他的「魚躍撲球」就是在一次次上菜的時候練會的。

除了我們自己，沒有人知道我們**隨時隨地**都在訓練。

天上的月亮一天比一天圓，離我們比賽的日子越來越近了。比賽前一天晚上，我們又來到五甲機庫訓練。

「今天咱們不訓練了。」老鷹隊長說道。他今天的表情有點兒怪，平時亮亮的眼睛上好像蒙上了一層霧。

「那我們幹什麼？」蔡小強問道。

「**聊天**。」老鷹隊長說着，帶我們來到了五甲機庫的那些老鷹風箏前面。

「老鷹隊長，想到明天我們要比賽了，我心裏一直打鼓。他們是青蛙，跳躍能力強，撲球是他們的強項，人類怎麼能贏得了青蛙呢？」蔡小強說出了大家憋在心裏

的話。

「其實，你們並不是唯一一批登上這艘航母的人。很多很多年前有十一個人也無意中來到了這艘航母上，而且他們也是一支球隊。」

「真的嗎？」聽老鷹隊長這樣說，我們**大吃一驚**。

「『何羅魚號』航母是精靈世界唯一的航空母艦。你們知道航空母艦是用來做什麼的嗎？」

「打仗！**發動戰爭**！」小豆包答道。

「沒錯，那你們知道精靈們用這艘航母對誰發動戰爭嗎？」

我想了想，回答：「人類？」

「就是人類！」

　　「你是說『何羅魚號』想發動戰爭攻打我們？」

　　「不是『何羅魚號』想攻打我們，是航母上的青蛙精靈想利用『何羅魚號』攻打我們，這不是『何羅魚號』的意願，就好像拿槍的人在開槍的時候從來不會詢問槍的意願，戰爭從來都是少數人的決定！」

　　「快說來聽，那支球隊怎麼樣了？」我迫不及待地問道。

　　老鷹隊長接着說道，「和你們一樣，那支球隊無意中來到了這艘精靈航母上，也和你們一樣，航母上的青蛙要挑戰人類球隊。」

　　「和我們一樣，他們也輸了？」

　　「不，他們贏了。」老鷹隊長説着，

好像講着自己的故事，「人類球隊戰勝了青蛙球隊，按照規定，他們可以讓這艘航母駛向人類的海岸，送他們回家。可是這個時候人類球隊的球員發現，航母上的精靈計劃向人類發動攻擊！如果讓航母駛向人類的海岸，戰爭將會爆發。你知道嗎？艦艇上的任何一枚導彈都可以輕鬆**毀滅**一座城市。」

老鷹隊長的話，讓我的汗毛一下子豎了起來。其他幾個人，也都靜靜地聽着。

「十一位隊員商量後做出一個決定，讓精靈航母行駛一條遠離人類海岸的航線，那是一條永遠也回不了家的航線。就這樣，人類隊員不但打贏了一場比賽，而且還阻止了一場戰爭。」

「最後呢？他們回家了嗎？」

「沒有。」

「這支球隊叫什麼？」

「**戰鷹隊**。」

「後來戰鷹隊去哪兒了？」

「看到這些老鷹風箏了嗎？他們就是戰鷹隊隊員。」老鷹隊長看着牆上的老鷹風箏，**撫摸**着其中一隻風箏輕聲説道。

18 航母足球賽

　　終於等到了月圓這一天，我們的球賽就要開始了。月光照在飛行甲板上，就像我們來的那天晚上一樣明亮。今天艦橋上的青蛙更多了，他們都說上次那麼好笑的球賽沒有看夠，這次要再看一次。

　　比賽就要開始了，小豆包緊張得要上廁所。

　　北極蟲安慰道：「不用緊張，你就當我們是在餐廳裏上菜，知道嗎？上菜的時候，你的反應是最快的！對於你來說，這是『小菜一碟』。」

　　「真的嗎？」小豆包微笑着問。

「當然！」北極蟲肯定地答道。

這時，氣鼓鼓隊的霸王蛙在對面大聲地喊道：「呱呱！這次大家**不要留情**，再踢他一個 10：0！」

「好！呱呱呱……」氣鼓鼓隊的其他隊員呱呱大笑。

「艦橋上都是氣鼓鼓隊的啦啦隊，可惜我們沒有啦啦隊。」肖老闆遺憾地說道。

「沒關係，我們就是自己的啦啦隊！來！」說着，我們五個圍在一起，雙手搭在同伴的肩膀上圍成一個圈，「**加油！**」

「隆——」在鼻涕蛙響亮的擤鼻涕聲後，比賽正式開始。

剛開始，球只是傳來傳去，最後終於把球傳到氣鼓鼓隊中心人物霸王蛙腳下。

霸王蛙帶球猛衝，高喊：「呱呱！看我的！」

霸王蛙起腳射門，球直朝大門飛去，只見一個影子衝到了球的對面，哇！是小豆包，只有小豆包的反應才這麼快！

球重重地打在他的臉上，小豆包把球擋住了！不過人卻重重地**摔倒在地**。

「幹得好，小豆包！」北極蟲高喊着，「你是世界上最棒的『清道夫』！」小豆包扶了扶眼鏡，嘿嘿笑了一下，馬上站了起來。

「不要着急！想想老鷹隊長的話！」蔡小強高聲喊道。

我的耳邊忽然響起老鷹隊長的話：「雖然青蛙們踢球沒有分上半場和下半場，不

過，我們自己心中要分兩個半場。記住了，上半場重點防守，不讓他們得分。如果上半場能守住，這場比賽就贏定了！」

沒錯，這就是我們的戰術！所以，上半場一定要守住！

我到了後衛的位置上，蔡小強馬上明白了我的意思，與我**聯合防守**。

一次、兩次、三次……對方一次次地進攻，但是我和蔡小強把對方的球牢牢地擋在了龍門之外。

比賽進行到一半，氣鼓鼓隊到現在還拿不到一分。隊員們氣得鼓鼓的，霸王蛙和另一個隊員箭毒蛙居然**一不留神**撞在了一起，看來他們腳下已經亂了。

「呱呱呱！怎麼搞的？到現在一個球

還沒進？呱呱呱！你們都是吃死蚊子的嗎？」霸王蛙氣得對隊友高聲罵道。

一聽到霸王蛙這樣說，氣鼓鼓隊開始了猛烈的進攻，箭毒蛙和霸王蛙一起衝過來搶球。蔡小強和箭毒蛙為了搶球撞在了一起，這一人一蛙都**倒地不起**。

落下來的球被霸王蛙搶先一步，射門！球朝龍門飛去！北極蟲一個魚躍撲球，將球接在了手中。

做得好！北極蟲！

「快看！老鷹隊長正在給我們加油呢！」小豆包高喊着。

我抬頭一看，空中有一羣老鷹在飛翔，哦，不！是我們的老鷹隊長，他帶着那些老鷹風箏在飛翔。

「一、二、三、四⋯⋯」我數着天上的老鷹風箏，加上老鷹隊長共十一隻！我忽然明白了什麼。

「快看！他們就是戰鷹隊！老鷹隊長也是人類的一員，我們一定要踢贏這場比賽！」我對隊友們高喊着。

「好！*我們一定要踢贏這場比賽！*」隊友們呼應着。

我和蔡小強示意了一下，是時候了！一直在後衞的我們開始進攻！霸王蛙來搶球了，然後再由箭毒蛙接應，這是氣鼓鼓隊最擅長的戰術，箭毒蛙的球衝過來了！

哦！被攔截了！做得好，蔡小強！蔡小強來了一個隔空傳球，傳到了我的腳下，長傳成功，到我好好表現了！

　　我心中唸道：「老鷹隊長，我帶你一起回家！」

　　我這樣想着，一腳飛起，球像**流星**一樣朝着龍門飛了過去！

我們贏了！青蛙們把我們圍得一層又一層，就連鼻涕蛙也誇讚我們給頂呱呱大酒店**爭光**了。鼻涕蛙説得沒錯，「何羅魚號」上的青蛙們太喜歡足球了，他們崇拜踢球勝利的團隊，即使是人類團隊，他們也會為你歡呼。

天空中的老鷹風箏卻不見了，老鷹隊長知道我們贏了嗎？我和隊友們從蛙羣中**掙脱**出來。

「我們去五甲機庫，老鷹隊長一定在那裏等着我們呢！」蔡小強説道。

「老鷹隊長，老鷹隊長，我們贏了！」

我們高喊着來到了五甲機庫。

可是，沒有人回答。

十隻**老鷹風箏**還像從前一樣掛在牆上，地上還有一隻風箏。

「快看，這裏有封信。」小豆包叫道，拿起信讀了起來……

親愛的隊友們：

　　我想你們一定贏了！恭喜你們！當你們讀到這封信的時候，我應該已經變成了風箏。你們可能已經猜到了，我就是戰鷹隊的隊長，我曾經也是人類。我們這支球隊沒能回家，在經過第三個月圓那天的晚上，所有隊員一夜之間都變成了老鷹，之後每隔三個月圓，都會有一隻老鷹變成風箏。我的隊友們都變成了風箏，我把他們一一掛在牆上。也許你們會問，為什麼要把風箏都掛在牆上呢？因為在我們身後有一道門，這道門是通向「作戰指揮中心」的唯一入口。也就是說，要讓航母上的任何炮彈發射都要經過這道門。任何青蛙碰了這道

門，我們這些風箏就會被喚醒，並變成真正的老鷹！我們在這裏，就是為了守護這道門。

在很多個日子裏，我看着隊友一個個地變成風箏。我難過地把他們一個個地掛在牆上，直到我也變成了一隻風箏。如果你看到地上有一隻老鷹風箏，請把它也掛在牆上，那就是我。

不要期待我們會蘇醒，我希望我們永遠都不會蘇醒，我願意和我的戰友一起守護這扇門，守護和平。

謝謝你們，讓我做你們的隊長，因為看見你們，我就想起我的隊友。你們要記住，能讓你們贏的，不是我，而是你們親密無間的團結合作。

你們的老鷹隊長

　　小豆包讀完這封信，我們已經**泣不成聲**。

　　「老鷹隊長，我們還想帶你回家呢！」我雙手拾起落在地上的那隻老鷹風箏，緊緊地抱在懷裏，眼淚止不住地落了下來。

20 再見，「何羅魚號」！

「何羅魚號」航空母艦要靠岸了，我們再一次站在艦艏，月光下，航母依舊泛着淡淡的紫色光，遠方的城市離我們越來越近。

這時，那把粗粗的聲音再次響起：「再見！人類男孩！」

「你是誰？」我問道。

「**我就是何羅魚啊！**」粗粗的聲音說道，這一次，所有的人都聽得很清晰。

「何羅魚？航母就是一條大魚？」

「原來在航母上聽到的那把粗粗的聲音就是何羅魚發出來的！」

「怪不得我們一直不知道是誰在說話！哈哈……聲音就來自我們腳下。」大家吃驚地你一句我一句說道。

「何羅魚，謝謝你一直在幫我們！」我高聲喊道。

「不用謝我，事實上，只有人類能聽懂我的語言，你們能聽懂，老鷹也能聽懂，所以我和老鷹成為了朋友。」

「你和老鷹是朋友？對啊，是你讓我們找到了老鷹隊長！」蔡小強激動地說道。

「我和老鷹一樣，最不希望看到戰爭。」

「你不是航母嗎？航母不就是用來作戰的嗎？為什麼你也不喜歡戰爭？」

「我雖然是一艘精靈航母，但在成為

航母之前，我是一條**自由自在**的魚啊！我喜歡讓青蛙精靈們在我的背上生活，有了他們，我便不覺得寂寞，但是我不希望成為他們的武器，更不希望他們用我來發動戰爭，我希望做一艘永遠都不會參加戰爭的精靈航母。老鷹們也不喜歡戰爭，所以他們去守護那扇門。」何羅魚用那粗粗的聲音慢慢講述著。

「我明白了，以前想發動戰爭的是青蛙精靈，而不是你，你是一艘**熱愛和平**的航母。」

「哈哈，我還是一條熱愛自由的魚。」何羅魚繼續說道，「其實，我要向你們說對不起，是我一不小心吞下了你們的學校，才讓你們來到了這艘航母上的。」

説着，何羅魚張開大嘴，吐出了學校。我們的學校又回到了原來的地方。

　精靈航母靠岸了，我們五個人走到岸上，一瞬間，精靈航母上亮起了無數盞燈，看着艦橋上的青蛙們朝我們**揮手告別**，我心裏一下子暖烘烘的。

　我忽然想到，也許，不喜歡戰爭的不只是何羅魚和老鷹們，就像老鷹隊長說的「戰爭從來都是少數人的決定！」那些青蛙們大多數也不希望有戰爭吧？誰願意把這樣一個有球看、有美食、神秘又美麗的海上市集變成一個發動戰爭的武器呢？

　我們目送着「何羅魚號」航空母艦越游越遠，他像一艘載滿星星的大船，慢慢地駛向月亮。

「哇！精靈航母真的是一條**巨大無比**的魚呢！」北極蟲驚歎道。

「他還是一條嚮往自由的魚。」肖天說道。

「他還是一條喜歡交朋友的魚。」小豆包說道。

「他還是一條善良好心的魚。」蔡小強說道。

「他還是一條熱愛和平的魚。」我說道。

太陽漸漸升起來了，照在學校的上空，彷彿一切從來都沒發生。

當天晚上，回到家裏。

媽媽看着我**破舊**的球鞋驚歎道：「怎麼一天你的球鞋就變成這個樣子了？」

「當然了，因為是腐皮做的嘛。」我笑着說道。

這時，妹妹跑了過來問道：「哥哥，哥哥，你說我們應該買什麼樣子的風箏？」

「當然是老鷹風箏啦！」

「為什麼？」

「因為有一個全世界最棒的足球隊長就叫老鷹。」我答道。

一周後，班際足球比賽開始了。我站在球場上，聽見我們班的啦啦隊高喊着：**「戰鷹沖天！勇往直前！戰鷹隊加油！」**

驚喜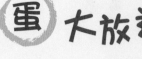大放送

「鼻涕蛙老闆說送了份禮物給我們，偷偷放在我的口袋裏啦！他還說是他最珍貴的東西呢！」我興奮地叫道。我從口袋裏掏出一塊手帕，手帕裏包着一粒黑黑的小東西。

「快給我們看看。」北極蟲他們幾個人一下子圍了過來。

「這個東西，有點兒眼熟。哇！我想起來了，是追風果的種子。」蔡小強大聲說道。

「真的？」

「這塊手帕，有點兒眼熟。哇！我想起來了，是鼻涕蛙老闆用來擦鼻涕的手帕！」北極蟲大叫道。

「什麼？」我手一甩——髒死啦！

下期預告

怎可能！肚臍長出了眼睛？

拉鎖洗澡時，驚覺肚臍上居然長出了兩隻眼睛，並懂得張口向他說話⋯⋯

在仔細的審問下，拉鎖得知這個在他肚臍眼寄居的怪東西，居然是一隻來自五億年前寒武紀時代的古生物——三葉蟲！這隻古生物擁有驚人的智慧，既能幫助拉鎖背誦課文，還能替他唱出動聽的歌聲。而這一切，只需要一支冰淇淋的代價⋯⋯

正當拉鎖得意之際，肚臍眼突然消失不見了！究竟這隻奇怪的古生物何去何從？拉鎖和他的「寄居蟲」會遭遇些什麼？

絕對沒大腦又再遇上
什麼瘋狂事？
請看《絕對沒大腦4》！

絕對沒大腦 3
精靈航艦足球賽

作　　者：王　聰
繪　　圖：李　楠
責任編輯：黃稔茵
美術設計：劉麗萍
出　　版：新雅文化事業有限公司
　　　　　香港英皇道 499 號北角工業大廈 18 樓
　　　　　電話：(852) 2138 7998
　　　　　傳真：(852) 2597 4003
　　　　　網址：http://www.sunya.com.hk
　　　　　電郵：marketing@sunya.com.hk
發　　行：香港聯合書刊物流有限公司
　　　　　香港荃灣德士古道 220-248 號荃灣工業中心 16 樓
　　　　　電話：(852) 2150 2100
　　　　　傳真：(852) 2407 3062
　　　　　電郵：info@suplogistics.com.hk
印　　刷：中華商務彩色印刷有限公司
　　　　　香港新界大埔汀麗路 36 號
版　　次：二〇二二年七月初版

版權所有‧不准翻印

© 王聰 2018
本書中文繁體版由中信出版集團股份有限公司授權
新雅文化事業有限公司在香港澳門台灣地區獨家出版發行
ALL RIGHTS RESERVED

ISBN: 978-962-08-8059-9
© 2022 Sun Ya Publications (HK) Ltd.
18/F, North Point Industrial Building, 499 King's Road, Hong Kong
Published in Hong Kong, China
Printed in China